L'AVOCAT PATELIN,

COMÉDIE

EN TROIS ACTES ET EN PROSE,

Par PALAPRAT.

NOUVELLE ÉDITION.

PARIS,

CHEZ J. N. BARBÁ, LIBRAIRE, PALAIS-ROYAL,
DERRIÈRE LE THÉATRE FRANÇAIS, N°. 51.

De l'Imprimerie de HOCQUET, rue du Faubourg Montmartre, n°. 4.

1816.

PERSONNAGES.

PATELIN, Avocat.

Mad. PATELIN, femme de l'Avocat.

HENRIETTE, fille de Patelin.

GUILLAUME, drapier.

VALÈRE, fils de Guillaume et amant d'Henriette.

COLETTE, servante de Patelin et fiancée à Agnelet.

AGNELET, berger de Guillaume, amant de Colette.

BARTOLIN, Juge du village.

UN PAYSAN.

DEUX RECORS.

La scène est dans un village, près de Paris.

L'AVOCAT PATELIN,

Comédie en trois actes.

ACTE PREMIER.

SCENE PREMIERE

M. PATELIN, *seul.*

CELA est résolu, il faut aujourd'hui même, quoique je n'aie pas le sol, que je me donne un habit neuf. Ma foi, on a bien raison de dire: il vaudrait autant être ladre que d'être pauvre. Qui diantre, à me voir ainsi habillé, me prendrait pour un Avocat? Ne dirait-on pas plutôt que je serais un magister de ce bourg? Depuis quinze jours j'ai quitté le village où je demeurais, pour venir m'établir en ce lieu-ci, croyant y faire mieux mes affaires, elles vont de mal en pis. J'ai de ce côté-là pour voisin mon compère le juge du lieu: pas un pauvre petit procès; de cet autre côté, un riche marchand drapier; pas de quoi m'acheter un méchant habit. Ah! pauvre Patelin! pauvre Patelin! comment seras-tu pour contenter ta femme, qui veut absolument que tu maries ta fille? Qui diantre voudra d'elle, en te voyant ainsi déguenillé? Il te faut bien par force avoir recours à l'industrie... Oui, tâchons adroitement de nous procurer à crédit un bon habit de drap, dans la boutique de monsieur Guillaume notre voisin. Si je puis une fois me donner l'extérieur d'un homme riche, tel qui refuse ma fille....

SCENE II.

M. PATELIN, Mad. PATELIN, COLETTE.

M. PATELIN.

Mais voilà ma femme et sa servante qui causens ensemble sur ma friperie; écoutons sans nous montrer.

Mad. PATELIN.

Or, ça, Colette, je n'ai pas voulu te parler au logis, de peur que mon gueux de mari ne nous écoutât.

M. PATELIN.

L'y voilà.

MAD. PATELIN.

Je veux que tu me dises où ma fille peut avoir de quoi aller aussi proprement qu'elle va.

COLETTE.

Eh! c'est, madame, que monsieur votre époux lui donne.

MAD. PATELIN.

Mon époux! il n'a pas de quoi se vêtir lui-même.

M. PATELIN.

Je te chasserai, et tu ne te marieras point avec Agnelet, ton fiancé, si tu ne me dis la chose comme elle est.

COLETTE.

Peste! madame, il faut vous la dire. Valère, le fils unique de monsieur Guillaume, ce riche marchand drapier qui demeure là, est amoureux de mademoiselle Henriette, et il lui fait des présens de tems en tems.

M. PATELIN.

Ma fille puise donc dans la boutique où j'ai dessein d'aller.

MAD. PATELIN.

Mais, où prend Valère de quoi faire ces présens! Son père est un riche brutal qui ne lui donne rien.

COLETTE.

Oh! madame, quand les pères ne donnent rien aux enfans, les enfans les volent; cela est dans l'ordre, et Valère fait comme les autres; c'est la règle.

MAD. PATELIN.

Mais que ne fait-il demander ma fille en mariage?

COLETTE.

Il l'aurait fait aussi; mais il craint que son père n'y veuille pas consentir, à cause, ne vous déplaise, que notre monsieur va toujours mal vêtu; cela fait mal juger de ses affaires.

M. PATELIN.

C'est à quoi je vais donner ordre.

MAD. PATELIN.

J'entends quelqu'un, retire-toi. Ah! te voilà.

M. PATELIN.

Oui.

MAD. PATELIN,

Comme te voilà vêtu!

M. PATELIN.

C'est que... je... ne suis point glorieux.

NAD. PATELIN.

C'est que tu es un gueux ; et je viens d'apprendre que ta gueuserie rebute tous les partis qui se présentent pour ta fille..

M. PATELIN.

Vous avez raison ; le monde juge des gens par les habits ; j'avoue que ceux que je porte font tort à Henriette, et j'ai fait dessein de me mettre aujourd'hui un peu proprement.

MAD. PATELIN.

Toi, proprement ! et avec quoi ?

M. PATELIN.

Ne t'en mets pas en peine. Adieu.

MAD. PATELIN.

Et où allez-vous , s'il vous plaît ?

M PATELIN.

Je vais m'acheter un habit de drap.

MAD. PATELIN.

Sans avoir un sol, acheter un habit ?

M. PATELIN.

Oui ; de quelle couleur me conseilles-tu de le prendre?... grs de fer, ou gris de more ?

MAD. PATELIN.

Hé ! prends-le comme tu pourras, si tu trouves quelqu'un assez sot pour te le donner ; je vais parler à Henriette : je viens d'apprendre de certaines choses qui ne me plaisent guères.

M. PATELIN.

Si l'on me demande , je serai ici , à la boutique de notre voisin.

SCÈNE III.

M. PATELIN, *seul*.

Elle n'est pas encore fermée... Je songe que je ne ferai pas mal d'aller mettre ma robe. Outre qu'elle cachera ces guenilles , une robe donnera plus de poids à ce que je dois dire à monsieur Guillaume pour venir à bout de mon dessein.... Le voilà avec son fils, allons nous mettre *in habitu*, et revenons promptement.

SCÈNE IV.

M. GUILLAUME, VALÈRE.

M. GUILLAUME.

On commence à ne voir guères clair dans la boutique : exposons ceci un peu à la vue des passans... Oh çà, Valère, je t'avais dit de me chercher un berger pour garder le troupeau dont la laine sert à faire mes draps.

VALÈRE.

Est-ce, mon père, que vous n'êtes pas content d'Agnelet ?

M. GUILLAUME.

Non, car il me vole, et je te soupçonne d'y avoir part.

VALÈRE.

Moi ?

M. GUILLAUME.

Oui, toi. J'ai su que tu es amoureux de je ne sais quelle fille d'ici près, et que tu lui fais des présens ; et je sais que cet Agnelet a fiancé une certaine Colette qui la sert : tout cela fait que je te soupçonne.

VALÈRE, *à part*.

Qui diantre nous a découvert ?.. (*haut.*) Je vous assure, mon père, qu'Agnelet nous sert très fidèlement.

M. GUILLAUME.

Oui, toi ; mais non pas moi ; car depuis un mois qu'il a quitté le fermier avec qui il demeurait, pour entrer à mon service, il me manque six vingt moutons, et il n'est pas possible qu'en si peu de tems il en soit mort, comme il le dit, un si grand nombre de la clavelée.

VALÈRE.

Les maladies font quelquefois de grands ravages.

M. GUILLAUME.

Oui, avec les médecins ; mais les moutons n'en ont pas. D'ailleurs cet Agnelet fait le nigaud ; mais c'est un niais, et le plus rusé coquin... Enfin, je l'ai pris sur le fait, tuant de nuit un mouton. Je l'ai battu, et je l'ai fait ajourner devant monsieur le juge ; cependant avant que de pousser plus loin l'affaire, j'ai voulu savoir si tu n'avais point quelque part au vol qu'il m'a fait.

VALÈRE.

Ah ! mon père, j'ai trop de respect pour vos moutons.

M. GUILLAUME.

Je vais donc le poursuivre en justice ; mais je veux examiner un peu la chose. Donne-moi mon livre de compte : approche cette chaise ; c'est assez, laisse-moi. Si un sergent que j'ai envoyé quérir me demande, fais-moi appeler. Je resterai encore un peu ici, en cas que quelque acheteur se présente.

VALÈRE, *à part*.

Allons dire à Agnelet qu'il vienne trouver mon père pour s'accommoder avec lui.

SCENE V.

M. PATELIN, M. GUILLAUME.

M. PATELIN.

Bon. Le voilà seul : approchons.

M. GUILLAUME.

Compte du troupeau, etc. Six cents bêtes, etc.

M. PATELIN, *à part.*

Voilà une pièce de drap qui ferait bien mon affaire. (*haut.*) Serviteur, monsieur.

M. GUILLAUME.

Est-ce le sergent que j'ai envoyé quérir ?.. qu'il attende.

M. PATELIN.

Non, monsieur, je suis...

M. GUILLAUME.

Une robe ? le procureur donc ?.. Serviteur.

M. PATELIN.

Non, monsieur, j'ai l'honneur d'être avocat.

M. GUILLAUME.

Je n'ai pas besoin d'avocat : je suis votre serviteur.

M. PATELIN.

Mon nom, monsieur, ne vous est sans doute pas inconnu : je suis Patelin, l'avocat.

M. GUILLAUME.

Je ne vous connais point, monsieur.

M. PATELIN, *à part.*

Il faut se faire connaître. (*haut.*) J'ai retrouvé, monsieur, dans les mémoires de feu mon père, une dette qui n'a pas été payée, et....

M. GUILLAUME.

Ce ne sont pas mes affaires, je ne dois rien.

M. PATELIN.

Non, monsieur, c'est au contraire feu mon père qui devait au vôtre trois cents écus, et comme je suis homme d'honneur, je viens vous payer...

M. GUILLAUME.

Me payer ? attendez, monsieur, s'il vous plaît : je me remets un peu votre nom. Oui, je connais depuis long-tems votre famille. Vous demeuriez au village ici près : nous nous sommes connus autrefois. Je vous demande excuse; je suis votre très-humble et très-obéissant serviteur. Asseyez-vous là, je vous prie; asseyez-vous là.

M. PATELIN.

Monsieur...

M. GUILLAUME.

Monsieur...

M. PATELIN.

Si tous ceux qui me doivent étaient aussi exacts que moi à payer leurs dettes, je serais beaucoup plus riche que je ne suis ; mais je ne sais pas retenir le bien d'autrui.

M. GUILLAUME.

C'est pourtant ce qu'aujourd'hui beaucoup de gens savent fort bien faire.

M. PATELIN.

Je tiens que la première qualité d'un honnête homme est de bien payer ses dettes, et je viens savoir quand vous serez de commodité de recevoir vos trois cents écus.

M. GUILLAUME.

Tout-à-l'heure.

M. PATELIN.

J'ai chez moi votre argent tout prêt et bien compté ; mais il faut vous donner le tems de dresser une quittance par devant notaire. Ce sont des charges d'une succession qui regarde ma fille Henriette, et j'en dois rendre compte en forme.

M. GUILLAUME.

Cela est juste. Hé bien, demain matin, à cinq heures.

M. PATELIN.

A cinq heures, soit. J'ai peut-être mal pris mon tems, monsieur Guillaume, je crains de vous détourner.

M. GUILLAUME.

Point du tout, je ne suis que trop de loisir : on ne vend rien.

M. PATELIN.

Vous faites pourtant plus d'affaires vous seul, que tous les négocians de ce lieu.

M. GUILLAUME.

C'est que je travaille beaucoup.

M. PATELIN.

C'est que vous êtes, ma foi, le plus habile homme de tout ce pays... Voilà un assez beau drap.

M. GUILLAUME.

Fort beau.

M. PATELIN.

Vous faites votre commerce avec une intelligence.

M. GUILLAUME.

Oh ! monsieur.

M. PATELIN.

Avec une habileté merveilleuse.

M. GUILLAUME.

Oh! oh! monsieur.

M. PATELIN.

Des manières nobles et franches qui gagnent le cœur de tout le monde.

M. GUILLAUME.

Oh! point, monsieur.

M. PATELIN.

Parbleu! la couleur de ce drap fait plaisir à la vue.

M. GUILLAUME.

Je le crois, c'est couleur maron.

M. PATELIN.

Du maron, que cela est beau! Gage, monsieur Guillaume, que vous avez imaginé cette couleur-là.

M. GUILLAUME.

Oui, oui, avec mon teinturier.

M. PATELIN.

Je l'ai toujours dit; il y a plus d'esprit dans cette tête-là, que dans toutes celles du village.

M. GUILLAUME.

Ah! ah! ah!

M. PATELIN.

Cette laine me paraît assez bien conditionnée.

M. GUILLAUME.

C'est pure laine d'Angleterre.

M. PATELIN.

Je l'ai cru... A propos d'Angleterre, il me semble, monsieur Guillaume, que nous avons été autrefois à l'école ensemble.

M. GUILLAUME.

Chez monsieur Nicodême?

M. PATELIN.

Justement... Vous étiez beau comme l'amour.

M. GUILLAUME.

Je l'ai ouï dire à ma mère.

M. PATELIN.

Et vous appreniez tout ce qu'on voulait.

M. GUILLAUME.

A dix-huit ans je savais lire et écrire.

Patelin.   B

M. PATELIN.

Quel dommage que vous ne vous soyez appliqué aux grandes choses ! Savez-vous bien, monsieur Guillaume, que vous auriez gouverné un état.

M. GUILLAUME.

Comme un autre.

M. PATELIN.

Tenez, j'avais justement dans l'esprit une couleur de drap comme celle-là. Il me souvient que ma femme veut que je me fasse un habit : je songe que demain à cinq heures, en portant vos trois cents écus, je prendrai peut-être ce drap.

M. GUILLAUME.

Je vous le garderai.

M. PATELIN, *à part.*

Le garderai... ce n'est pas là mon compte. (*haut.*) Pour racheter une rente, j'avais mis à part ce matin douze cents livres, où je ne voulais pas toucher ; mais je vois bien, monsieur Guillaume, que vous en aurez une partie.

M. GUILLAUME.

Ne laissez pas de racheter votre rente, vous aurez toujours de mon drap.

M. PATELIN.

Je le sais bien ; mais je n'aime pas à prendre à crédit.... Que je prends de plaisir à vous voir frais et gaillard ! Quel air de santé et de longue vie !

M. GUILLAUME.

Je me porte bien.

M. PATELIN.

Combien croyez-vous qu'il me faudra de ce drap, afin qu'avec vos trois cents écus, je porte aussi de quoi les payer.

M. GUILLAUME.

Il vous en faudra... Vous voulez sans doute l'habit complet ?

M. PATELIN.

Oui, très-complet ; juste-au-corps, culotte et veste doublés de même ; et le tout bien long et bien large.

M. GUILLAUME.

Pour tout cela, il vous en faudra... oui... six aunes... Voulez-vous que je les coupe en attendant ?

M. PATELIN.

En attendant... Non, monsieur, non, l'argent à la main, s'il vous plaît, l'argent à la main : c'est ma méthode.

M. GUILLAUME.

Elle est fort bonne. (*à part.*) Voici un homme très-exact.

M. PATELIN.

Vous souvient-il, monsieur Guillaume, d'un jour que nous soupâmes ensemble à l'Ecu de France?

M. GUILLAUME.

Le jour qu'on fit la fête du village.

M. PATELIN.

Justement; nous raisonnâmes à la fin du repas sur les affaires du tems; que je vous ouïs dire de belles choses!

M. GUILLAUME.

Vous vous en souvenez?

M. PATELIN.

Si je m'en souviens: Vous prédites dès-lors tout ce que nous avons vu depuis dans Nostradamus.

M. GUILLAUME.

Je vois les choses de loin.

M. PATELIN.

Combien, monsieur Guillaume, me ferez-vous payer l'aune de ce drap?

M. GUILLAUME, *voyant la marque.*

Voyons... une autre la paierait, ma foi, six écus... mais allons... je vous la baillerai à cinq écus.

M. PATELIN, *à part.*

Le juif! (*haut.*) Cela est trop honnête; six fois cinq écus, ce sera justement...

M. GUILLAUME.

Trente écus.

M. PATELIN.

Oui, trente écus; le compte est bon... Parbleu! pour renouveller connaissance, il faut que nous mangions demain à diner une oie, dont un plaideur m'a fait présent.

M. GUILLAUME.

Une oie... je les aime fort.

M. PATELIN.

Tant-mieux: touchez-là; à demain à dîner; ma femme les apprête à miracle; par ma foi il me tarde qu'elle me voie sur le corps un habit de ce drap; croyez-vous qu'en le prenant demain matin, il soit fait à diner?

M. GUILLAUME.

Si vous ne donnez du tems au tailleur, il vous le gâtera.

M. PATELIN.

Ce serait grand dommage.

M. GUILLAUME.

Faites mieux : vous avez, dites-vous, l'argent tout prêt ?

M. PATELIN.

Sans cela je n'y songerais pas.

M. GUILLAUME.

Je vais vous le faire porter chez vous par un de mes gar-
çons, il me souvient qu'il y en a là de coupé justement ce
qu'il vous en faut.

M. PATELIN, *prenant le drap.*

Cela est heureux.

M. GUILLAUME.

Attendez; Il faut auparavant que je l'aune en votre présence.

M. PATELIN.

Bon... est-ce que je ne me fie pas à vous .

M. GUILLAUME.

Donnez, donnez... je vais le faire porter, et vous m'enver-
rez par le retour...

M. PATELIN.

Le retour... Non, non, ne détournez pas vos gens, je n'ai
que deux pas à faire d'ici chez moi... Comme vous dites, le
tailleur aura plus de tems.

M. GUILLAUME.

Laissez-moi vous donner un garçon qui me portera l'argent.

M. PATELIN.

Hé ! point. Je ne suis pas glorieux : il est presque nuit ; et
sous ma robe, on prendra ceci pour un sac de procès.

M. GUILLAUME.

Mais, monsieur, je vais toujours vous donner un garçon
pour me...

M. PATELIN.

Eh ! point de façons, vous dis-je... à cinq heures précises
trois cents trente écus, et l'oie à diner. Oh ! ça, il se fait
tard : adieu, mon cher voisin, serviteur... eh ! serviteur.

E. GUILLAUME.

Serviteur, monsieur, serviteur. Il s'en va, parbleu ! avec
mon drap ; mais il n'y a pas loin d'ici à cinq heures du matin.
Je dine demain chez lui, et il me paiera, il me paiera.

SCENE VI.

M. GUILLAUME, *seul.*

Voilà, parbleu! un des plus honnêtes et des plus consciencieux avocats que j'aie vu de ma vie; j'ai quelque regret de lui avoir vendu ce drap un peu trop cher, puisqu'il veut me payer trois cents écus, sur lesquels je ne comptais point; car je ne sais d'où diable peut venir cette dette.... Mais à la bonne heure.... Oh, çà, il se fait nuit, et voilà, je pense, tout ce que je gagnerai aujourd'hui... Hola, hola, qu'on enferme tout cela là-dedans... Mais voici, je crois, ce coquin d'Agnelet qui m'a volé mes moutons.

SCÈNE VII.

M. GUILLAUME, AGNELET.

M. GUILLAUME.

Ah! ah! voleur, je puis bien faire ici de bonnes affaires !.. ce scélérat m'emporte tout le profit.

AGNELET.

Bonnes vêpres, monsieur, et bonne nuit.

M. GUILLAUME.

Tu oses encore te présenter devant moi.

AGNELET.

C'est, ne vous déplaise, mon bon maître, qu'un monsieur m'a baillé certain papier, qui par', dit-on, de moutons, de juge, et d'ajournerie.

M. GUILLAUME.

Tu fais le benêt; mais je t'assure que tu ne tueras jamais plus de moutons, qu'il t'en souvienne.

AGNELET.

Eh! mon doux maître, ne croyez pas les médisans.

M. GUILLAUME.

Les médisans...coquin! Ne t'ai-je pas trouvé de nuit tuant un mouton?

AGNELET.

Par cette âme, c'était pour l'empêcher de mourir.

M. GUILLAUME.

Le tuer, pour l'empêcher de mourir!

AGNELET.

Oui, de la clavelée : à cause, ne vous déplaise, que quand ils mouriont de ce vilain mal, il faut les jeter; et on les tue avant qu'ils mouriont.

M. GUILLAUME.

Qu'ils mouriont... le traître! des moutons dont la laine me fait des draps d'Angleterre, que je vends cinq écus l'aune... Ote-toi d'ici, scélérat... six vingt moutons en un mois!

AGNELET.

Ils gâtiont les autres, par ma fi.

M. GUILLAUME.

Nous verrons cela devant monsieur le juge.

AGNELET.

Eh ! mon doux maître, contentez-vous de m'avoir assommé comme vous voyez, et accordons-nous ensemble, si c'est votre bon plaisir.

M. GUILLAUME.

Mon bon plaisir est de te faire pendre ; entends-tu?

AGNELET.

Le ciel vous donne joie... (*à part.*) Il faut donc que j'aille trouver un avocat pour défendre mon bou droit.

SCÈNE VIII.

VALÈRE, HENRIETTE, COLETTE, AGNELET.

HENRIETTE.

Laissez-moi, Valère, mon père et ma mère me suivent ; nous allons souper chez ma tante ; ils m'ont dit de m'avancer... retirez-vous.

AGNELET.

Voulez-vous, monsieur, que j'éteigne la lumière ?

VALÈRE.

Non, tu me priverais du plaisir de la voir. Belle Henriette, souffrez, je vous prie...

HENRIETTE.

Non, Valère, je tremble...

VALÈRE.

Craignez-vous une personne qui vous adore ?

HENRIETTE.

Vous êtes la personne du monde que je crains le plus, et vous savez pourquoi... Ne me quittez pas, Colette.

(Agnelet la tire par le bras.)

COLETTE.

C'est cet invalide qui me tire par le bras.

HENRIETTE.

Si vous m'aimez, Valère, ne songez à moi, je vous prie, que lorsque vous serez assuré du consentement de monsieur votre père.

COLETTE.

C'est à quoi, Agnelet et moi, nous avons dessein de nous employer.

AGNELET.

J'ai déjà imaginé un moyen honnête qui réussira, si Dieu plaît, quand je serai hors de procès.

VALÈRE.

Quoiqu'il arrive, je te garantirai de tout.

HENRIETTE.

Voici mon père; fuyons tous.

SCENE IX.

M. PATELIN, Mad. PATELIN.

M. PATELIN.

Hé bien! ma femme, ce drap est-il bien choisi?

Mad. PATELIN.

Oui, mais avec quoi le payer? Tu l'as promis à demain matin; ce monsieur Guillaume est un arabe, qui viendra ici faire le diable à quatre.

M. PATELIN.

Lorsqu'il viendra, songe seulement à faire ce que je t'ai dit, et à me bien seconder.

Mad. PATELIN.

Il faut, malgré moi, que j'aide à t'en sortir; mais tu devrais rougir de honte de ce que tu m'as proposé de faire; et ce n'est point du tout agir en honnête homme.

M. PATELIN.

Hé! mon dieu, ma femme, en honnête homme! Il n'est rien de plus aisé, quand on est riche, d'être honnête homme, c'est quand on est pauvre, qu'il est difficile de l'être. Mais laissons tout cela, allons souper chez ta sœur, et dès que nous serons de retour, faisons ce soir même couper cet habit, de peur d'accident.

Mad. PATELIN.

Allons; mais je crains bien que demain matin il n'arrive ici quelque désordre.

Fin du premier Acte.

ACTE II.

SCÈNE PREMIÈRE.

M. GUILLAUME, *seul.*

Il est du devoir d'un homme bien réglé, de récapituler le matin, ce qu'il s'est proposé de faire dans la journée; voyons un peu. Premièrement, je dois recevoir à cinq heures, trois cens écus de monsieur Patelin, pour une dette de feu son père : plus, trente écus pour six aunes de drap qu'il prit hier ici : *Item :* une oie à dîner chez lui, apprêtée de la main de sa femme : après cela, comparaître à l'ajournement devant le juge, contre Agnelet, pour six vingt moutons qu'il m'a volés. Je pense que voilà tout… Mais ouais ! il y a long-tems que l'heure est passée, et je ne vois point venir mon homme; allons le trouver… Non, un homme si exact ne me manquera pas de parole… cependant il a mon drap, et je n'ai point de ses nouvelles… que faire? Faisons semblant de lui aller rendre visite, et sachons un peu de quoi il est question. Je crois qu'il compte mon argent… je sens qu'on apprête l'oie… Frappons.

M. PATELIN, *dans la maison.*

Ma fem…me.

M. GUILLAUME, *en dehors.*

C'est lui-même.

M. PATELIN.

Ouvrez la porte… voilà l'apothicaire.

M. GUILLAUME.

L'apothicaire !

M. PATELIN.

Qui m'apporte l'émétique, l'éméti…i,.. que.

M. GUILLAUME.

L'émétique !.. C'est quelqu'un qui est malade chez lui ; et je puis n'avoir pas bien reconnu sa voix à travers la porte : frappons encore plus fort.

M. PATELIN.

Caro… o… gne ! ma… a… asque ! ouvriras-tu… u?…

SCENE II.

M. GUILLAUME, Mad. PATELIN.

Mad. PATELIN.

Ah! c'est vous, monsieur Guillaume ?

M. GUILLAUME.

Oui, c'est moi ; vous êtes sans doute madame Patelin ?

Mad. PATELIN.

A vous servir. Pardon, monsieur, je n'ose parler haut.

M. GUILLAUME.

Oh! parlez comme il vous plaira : je viens voir monsieur Patelin.

Mad. PATELIN.

Parlez plus bas, monsieur, s'il vous plait.

M. GUILLAUME.

Eh! pourquoi bas? Je viens, vous dis-je, lui rendre visite.

Mad. PATELIN.

Encore plus bas, je vous prie.

M. GUILLAUME.

Si bas qu'il vous plaira; mais il faut que je le voie.

Mad. PATELIN.

Hélas! le pauvre homme, il est bien en état d'être vu!

M. GUILLAUME.

Comment! que lui serait-il arrivé depuis hier ?

Mad. PATELIN.

Depuis hier? hélas! monsieur Guillaume, il y a huit jours qu'il n'a bougé du lit.

M. GUILLAUME.

Du lit? Il vint pourtant hier chez moi.

Mad. PATELIN.

Lui! chez vous !

M. GUILLAUME.

Lui, chez moi ; et il était même fort gaillard et fort dispos.

Mad. PATELIN.

Ah! monsieur, il faut sans doute que cette nuit vous ayez rêvé cela.

M. GUILLAUME.

Ah! parbleu, ceci n'est pas mauvais... rêvé!.. Et mes six aunes de drap qu'il emporta; l'ai-je rêvé ?

Mad. PATELIN.

Six aunes de drap !

Patelin.

M. GUILLAUME.

Oui, six aunes de drap, couleur de marron; et l'oie que nous devons manger à dîner? Eh! l'ai-je rêvé?

Mad. PATELIN.

Que vous prenez mal votre tems pour rire!

M. GUILLAUME.

Pour rire!.. Ventrebleu! je ne ris point, et n'en ai nulle envie; je me souviens qu'il emporta hier sous sa robe six aunes de drap.

Mad. PATELIN.

Hélas! le pauvre homme! plût au ciel qu'il fût en état de l'avoir fait! Ah! monsieur Guillaume, il eut tout hier un transport au cerveau, qui le jeta dans la rêverie, où je crois qu'il est encore.

M. GUILLAUME.

Oh! par la tête bleue! vous rêvez-vous-même, et je veux absolument lui parler.

Mad. PATELIN.

Oh! pour cela, en l'état qu'il est, il n'est pas possible; nous l'avons mis là, sur un fauteuil, auprès de la porte, pour faire son lit; si vous le voyiez, il vous ferait pitié.

M. GUILLAUME.

Bon, bon, pitié! en quelque état qu'il soit, je prétends le voir, ou....

Mad. PATELIN.

Ah! n'ouvrez pas cette porte, vous allez tuer mon mari, il lui prend de tems-en-tems des envies de courir : Ah! le voilà parti : je vous l'avais bien dit. Aidez-moi à le reprendre; mon pauvre mari, repose-toi là.

SCÈNE III.

M. PATELIN, Mad. PATELIN, M. GUILLAUME.

M. PATELIN.

Aie, aie, le tête!

M. GUILLAUME.

En effet, voilà un homme dans un piteux état : il me semble pourtant que c'est le même qu'hier, ou peu s'en faut... Voyons de plus près... Monsieur Patelin, je suis votre serviteur.

M. PATELIN.

Ah! bonjour, monsieur Anodin.

M. GUILLAUME.

Monsieur Anodin!

Mad. PATELIN.

Il vous prend pour l'apothicaire ; allez-vous en.

M. GUILLAUME.

Je n'en ferai rien... Monsieur, vous vous souvenez bien qu'hier...

M. PATELIN.

Oui, je vous ai fait garder...

M. GUILLAUME.

Bon, il s'en souvient.

M. PATELIN.

Un grand verre plein de mon urine.

M. GUILLAUME.

Je n'ai que faire d'urine.

M. PATELIN.

Ma femme, fais-la voir à monsieur Anodin : il verra si j'ai quelque embarras dans les uretères.

M. GUILLAUME.

Bon, bon, uretères ; je veux être payé.

M. PATELIN.

Si vous pouviez un peu éclaircir mes matières ; elles sont dures comme du fer et noires comme votre barbe.

M. GUILLAUME.

Pa, pa, pa... voilà me payer en belle monnaie.

Mad. PATELIN.

Eh ! monsieur, sortez d'ici.

E. GUILLAUME.

Bagatelles... voulez-vous me compter de l'argent ? Je veux être payé.

M. PATELIN.

Ne me donnez plus de ces vilaines pillulés, elles ont failli me faire rendre l'âme.

M. GUILLAUME.

Je voudrais qu'elles t'eussent fait rendre mon drap.

M. PATELIN.

Ma femme, chasse, chasse ces papillons noirs qui volent autour de moi, comme ils montent !

M. GUILLAUME.

Je n'en vois point.

Mad. PATELIN.

Eh ! ne voyez-vous pas qu'il rêve ? Allez-vous-en.

M. GUILLAUME.

Tarare ! je veux de l'argent.

M. PATELIN.

Les médecins m'ont tué avec leurs drogues.

M. GUILLAUME.

Il ne rêve pas à présent, il faut que je lui parle... Monsieur Patelin ?

M. PATELIN.

Je plaide, messieurs, pour Homère.

M. GUILLAUME.

Pour Homère !

M. PATELIN.

Contre la Nymphe Calypso.

M. GUILLAUME.

Calypso ! que diantre est ceci ?

Mad. PATELIN.

Il rêve, vous dis-je : allez-vous-en : sortez, je vous prie.

M. GUILLAUME.

A d'autres.

M. PATELIN.

Les prêtres de Jupiter.... les Corybantes... Il l'a pris... il l'emporte... au chat, au chat... adieu mon lard.

M. GUILLAUME.

Oh ça, quand vous aurez assez rêvé, me paierez-vous au moins mes trente écus ?

M. PATELIN.

· Eh ! monsieur, laissez en repos ce pauvre homme.

M. GUILLAUME.

Attendez ; il aura peut-être quelque intervalle... il me regarde, comme s'il voulait me parler.

M. PATELIN.

Ah ! monsieur Guillaume.

M. GUILLAUME.

Oh ! il me reconnaît... eh bien !

M. PATELIN.

Je vous demande pardon.

M. GUILLAUME.

Vous voyez s'il s'en souvient.

M. PATELIN.

Si, depuis quinze jours que je suis dans ce village, je ne vous suis pas allé voir.

M. GUILLAUME.

Morbleu ! ce n'est pas là mon compte... cependant hier...

M. PATELIN.

Oui... hier, pour vous aller faire mes excuses, je vous envoyai un procureur de mes amis.

M. GUILLAUME.

Ventrebleu ! celui-là aura eu mon drap... un procureur !.. je ne le verrai de ma vie... mais c'est une invention, et nul autre que vous n'a eu mon drap , à telles enseignes...

Mad. PATELIN.

Eh ! monsieur, si vous lui parlez d'affaires , vous allez le tuer.

M. GUILLAUME.

A la bonne heure... à telles enseignes que feu votre père devait au mien trois cents écus. Ventrebleu ! je ne m'en irai point d'ici sans drap ou sans argent.

M. PATELIN.

La Cour remarquera s'il lui plaît, que la Pyrrique était une certaine danse... ta ral, la, la, la, dansons tous, dansons tous... Ma commère, quand je danse...

M. GUILLAUME.

Oh ! je n'en puis plus ; mais je veux de l'argent.

M. PATELIN , *à part.*

Oh ! je te ferai bien décamper.... (*haut.*) Ma femme, ma femme, j'entends des voleurs qui ouvrent notre porte... Ne les entends-tu pas ? écoutons... paix, paix, écoutons... Oui... les voilà... je les vois... Ah ! coquins, je vous chasserai bien d'ici... ma hallebarde , ma hallebarde... au voleur, au voleur !

M. GUILLAUME.

Tudieu ! il ne fait pas bon ici... Morbleu ! tout le monde me vole ; l'un mon drap , l'autre mes moutons. Mais en attendant que je tire raison de celui-là , allons songer à faire pendre l'autre.

Mad. PATELIN.

Bon, le voilà parti , je me retire ; mais demeure encore là un moment, en cas qu'il revint.

M. PATELIN.

Le voici... au voleur... c'est monsieur Bartolin !.. il m'a vu.

SCÈNE IV.

M. PATELIN, M. BARTOLIN.

M. BARTOLIN.

Qui crie au voleur ? quel bruit fait-on à ma porte ? quel désordre est ceci ?.. Ah ! ah ! c'est vous, mon compère ?

M. PATELIN.

Oui ; c'est moi qui...

M. BARTOLIN.

En cet équipage !

M. PATELIN.

C'est que j'ai cru…

M. BARTOLIN.

Un avocat sous les armes !

M. PATELIN.

J'ai cru entendre des…

M. BARTOLIN.

Militant causarum patroni !

M. PATELIN.

C'est que, vous dis-je, j'ai cru entendre des voleurs qui crochetaient ma porte.

M. BARTOLIN.

Crocheter une porte, *coram judice !*

M. PATELIN.

Je croyais, vous dis-je, qu'il y eût des voleurs.

M. BARTOLIN.

Il en faut faire informer.

M. PATELIN.

Mais il n'y en avait point.

M. BARTOLIN.

Faire ouïr des témoins.

M. PATELIN.

Et contre qui ?

M. BARTOLIN.

Et les faire pendre.

M. PATELIN.

Et qui pendre ?

M. BARTOLIN.

Point de quartier aux voleurs.

M. PATELIN.

Je vous dis encore une fois qu'il n'y en avait point, et que je me suis trompé.

M. BARTOLIN.

Ah! ah! cela étant ainsi, *cedant arma togæ :* allez quitter cette hallebarde et prendre votre robe, pour venir à l'audience que je donnerai ici dans une heure.

M. BARTOLIN.

C'est aussi ce que je vais faire… Je dois plaider pour certain berger dont Colette m'a parlé. Je pense que le voici; allons quitter cet équipage et revenons promptement.

SCENE V.

COLETTE, AGNELET.

COLETTE.

Tu as besoin d'un avocat subtil et rusé qui invente quelque fourberie pour te tirer d'affaire; et il n'y a dans tout le village que monsieur Patelin qui en soit capable.

AGNELET.

J'en fimes l'expérience feu mon frère et moi, il y a quelque tems; mais je ne sais comment faire, car j'oubliai de le payer.

COLETTE.

Il ne s'en souviendra peut-être pas. Au moins, ne lui dis pas que tu sers monsieur Guillaume, il ne voudrait peut-être pas plaider contre lui.

AGNELET.

Je ne lui parlerai que de mon maître, sans le nommer, et il croira que je sers toujours ce fermier avec qui je demeurai, quand je te fiançai.

COLETTE.

Voici ton avocat, adieu.

SCENE VI.

M. PATELIN, AGNELET.

M. PATELIN.

Ah! ah! je connais ce drôle-ci : n'est-ce pas toi qui as fiancé ma servante Colette.

AGNELET.

Oui, monsieur, oui.

M. PATELIN.

Vous étiez deux frères que je garantis des galères : l'un de vous deux ne me paya point.

AGNELET.

C'était mon frère.

M. PATELIN.

Vous fûtes malade au sortir de prison, et l'un de vous deux mourut.

AGNELET.

Ce ne fut pas moi.

M. PATELIN.

Je le vois bien.

AGNELET.

Je fus pourtant plus malade que mon frère : enfin je viens vous prier de plaider pour moi contre mon maître.

M. PATELIN.

Ton maître, c'est le fermier d'ici près ?

AGNELET.

Il ne demeure pas loin d'ici, et je vous paierai bien.

M. PATELIN.

Je le prétends bien ainsi. Oh ça, raconte-moi ton affaire, sans me rien déguiser.

AGNELET.

Vous saurez donc que mon bon maître me paie petitement mes gages, et que pour m'indommager, sans lui faire tort, je fais quelque petit négoce avec un boucher, homme de bien.

M. PATELIN.

Quel négoce fais-tu ?

AGNELET.

Sauf votre grâce, j'empêche les moutons de mourir de la clavelée.

M. PATELIN.

Il n'y a point là de mal... et que fais-tu pour cela ?

AGNELET.

Ne vous déplaise, je les tue quand ils ont envie de mourir.

M. PATELIN.

Le remède est sûr; mais ne les tue-tu pas exprès, pour faire croire à ton maître qu'ils sont morts de ce mal !, et qu'il les faut jeter à la voirie, afin de les vendre, et de garder l'argent pour toi ?

AGNELET.

C'est ce que dit mon doux maître, à cause que l'autre nuit, quand j'eus enfermé le troupeau, il vit que je pris.... un.... dirai-je tout ?

M. PATELIN.

Oui, si tu veux que je plaide pour toi.

AGNELET.

L'autre nuit donc, il vit donc que je pris un gros mouton qui se portait bien; ma fi, sans y penser, ne sachant que faire... je lui mis doucement mon couteau auprès de la gorge tant y a que je ne sais comment cela se fit; mais il mourut d'abord...

M. PATELIN.

J'entends... quelqu'un te vit-il faire ?

AGNELET.

Mon maître était caché dans la bergerie, il me dit que j'en
avais fait autant de six vingts moutons qui lui manquaient...
Or, vous saurez que c'est un homme qui dit toujours la vé-
rité; il me battit, comme vous voyez, et je vais me faire
trépaner; or, je vous prie, comme vous êtes avocat, de faire
en sorte qu'il ait tort et que j'aie raison, afin qu'il ne m'en
coûte rien.

M. PATELIN.

Je comprends ton affaire : il y a deux voies à prendre ;
par la première, il ne t'en coûtera pas un sol.

AGNELET.

Prenons celle-là, je vous prie.

M. PATELIN.

Soit... Tout ton bien est en argent ?

AGNELET.

Ma fi, oui.

M. PATELIN.

Il te le faut bien cacher.

AGNELET.

Aussi le ferai-je.

M. PATELIN.

Ton maître sera contraint de payer tous les dépens.

AGNELET.

Tant mieux.

M. PATELIN.

Et sans qu'il t'en coûte denier ni maille.

AGNELET.

C'est ce que je demande.

M. PATELIN.

Il sera obligé, s'il veut, de te faire pendre.

AGNELET.

Prenons l'autre, s'il vous plaît.

M. PATELIN.

Le voici. On va te faire venir devant le juge.

AGNELET.

Il est vrai.

M. PATELIN.

Souviens-toi bien de ceci.

AGNELET.

J'ai bonne souvenance.

Patelin.

D

M. PÁTELIN.

A toutes les interrogations qu'on te fera, soit le juge, soit l'avocat de ton maître, soit moi-même, ne réponds autre chose que ce que tu entends dire tous les jours à tes bêtes à laine ; tu sauras bien parler leur langage et faire le mouton ?

AGNELET.

Cela n'est pas bien difficile.

M. PATELIN.

Les coúps que tu as à la tête me font aviser d'une adresse qui pourra te garantir ; mais je prétends ensuite être bien payé.

AGNELET.

Aussi le serez-vous, par cette âme.

M. PATELIN.

Monsieur Bartolin va tout-à-l'heure donner audience, ne manque pas de revenir ici, tu m'y trouveras. Adieu..... N'oublie pas d'apporter de l'argent.

AGNELET.

Serviteur... Que les gens de bien ont de peine à vivre !

Fin du second Acte.

ACTE III.
SCÈNE PREMIÈRE.

M. BARTOLIN, M. PATELIN, AGNELET.

M. BARTOLIN.

Or sus, les parties peuvent comparaître.

M. PATELIN, *bas à Agnelet.*

Quand on t'interrogera, ne réponds que de la manière que je t'ai dit.

M. BARTOLIN.

Quel homme est cela ?

M. PATELIN.

Un berger qui a été battu par son maître, et qui, au sortir d'ici, va se faire trépaner.

M. BARTOLIN.

Il faut attendre l'adverse partie, son procureur, ou son avocat... mais que nous veut monsieur Guillaume ?

SCENE II.

M. BARTOLIN, M. GUILLAUME, M. PATELIN, AGNELET.

M. GUILLAUME.

Je viens plaider moi-même mon affaire.

M. PATELIN.

Ah ! traître ! c'est contre monsieur Guillaume.

AGNELET.

Oui, c'est mon bon maitre.

M. PATELIN, *à part.*

Tâchons de nous tirer d'ici.

M. GUILLAUME.

Oüais ! quel homme est-ce là ?

M. PATELIN.

Monsieur, je ne plaide que contre un avocat.

M. GUILLAUME.

Je n'ai pas besoin d'avocat. (*à part.*) Il a quelque chose de son air.

M. PATELIN.

Je me retire donc.

M. BARTOLIN.

Demeurez , et plaidez.

M. PATELIN.

Mais, monsieur…

M. BARTOLIN.

Demeurez , vous dis-je , je veux au moins avoir un avocat à mon audience. Si vous sortez, je vous raie de la matricule.

M PATELIN.

Cachons-nous du mieux que nous pourrons.

M. BARTOLIN.

Monsieur Guillaume , vous êtes le demandeur, parlez.

M. GUILLAUME.

Vous saurez, monsieur, que ce maraut-là…

M. BARTOLIN.

Point d'injures.

M. GUILLAUME.

Hé bien ! que ce voleur…

M. BARTOLIN.

Appelez-le par son nom ou celui de sa profession.

Tant y a, vous dis-je, monsieur, que ce scélérat de berger m'a volé six vingts moutons.

M. PATELIN.

Cela n'est point prouvé.

M. BARTOLIN.

Qu'avez-vous, avocat ?

M. PATELIN.

Un grand mal aux dents.

M. BARTOLIN.

Tant-pis... continuez.

M. GUILLAUME.

Parbleu ! cet avocat ressemble un peu à celui de mes six aunes de drap.

M. BARTOLIN.

Quelle preuve avez-vous de ce vol ?

M. GUILLAUME.

Quelle preuve ? Je lui vendis hier... je lui ai baillé en garde six aunes... six cents moutons, et je n'en trouve à mon troupeau que quatre cents quatre-vingt.

M. PATELIN.

Je nie ce fait.

M. GUILLAUME.

Ma foi, si je ne venais de voir l'autre dans la rêverie, je croirais que voilà mon homme.

M. BARTOLIN.

Laissez-là votre homme, et prouvez le fait.

M. GUILLAUME.

Je le prouve par mon drap... je veux dire par mon livre de compte...Que sont devenues les six aunes... les six vingts moutons qui manquent à mon troupeau ?

M. PATELIN.

Ils sont morts de la clavelée.

M. GUILLAUME.

Tête-bleu ! je crois que c'est lui-même.

M. BARTOLIN.

On ne nie pas que ce ne soit lui-même: *non est quæstio de personâ.* On vous dit que vos moutons sont morts de la clavelée. Que répondez-vous à cela ?

M. GUILLAUME.

Je réponds, sauf votre respect, que cela est faux ; qu'il emporta sous... qu'il les a tués pour les vendre, et qu'hier moi-même... oh ! c'est lui... oui, je lui vendis six... six... je le trouvai sur le fait, tuant de nuit un mouton.

M. PATELIN.

Pure invention ; monsieur, pour s'excuser des coups qu'il a donnés à ce pauvre berger, qui, au sortir d'ici, comme je vous ai dit, va se faire trépaner.

M. GUILLAUME.

Parbleu! monsieur le juge, il n'est rien de plus véritable, c'est lui-même : oui, il emporta hier de chez moi six aunes de drap, et ce matin, au lieu de me payer trente écus...

M. BARTOLIN.

Que diantre font ici six aunes de drap et trente écus? Il est, ce me semble, question de moutons volés.

M. GUILLAUME.

Il est vrai, monsieur, c'est une autre affaire ; mais nous y viendrons après. Je ne me trompe pourtant pas... Vous saurez donc que je m'étais caché dans la bergerie... Oh! c'est lui très-assurément... Je m'étais donc caché dans la bergerie : je vis venir ce drôle... il s'assit là... il prit un gros mouton... et... et avec de belles paroles, il fit si bien... qu'il m'emporta six aunes.

M. BARTOLIN.

Six aunes de mouton !

M. GUILLAUME.

Non, de drap, lui ; maugrebleu! de l'homme.

M. BARTOLIN.

Laissez-là ce drap et cet homme, et revenez à vos moutons.

M. GUILLAUME.

J'y reviens. Ce drôle donc, ayant tiré de sa poche son couteau... je veux dire mon drap... non, je dis bien... son couteau... il... il... il... il... le mit comme ceci sous sa robe, et l'emporta chez lui ; et ce matin, au lieu de me payer mes trente écus, il me nie drap et argent.

M. PATELIN.

Ah! ah! ah!

M. BARTOLIN

A vos moutons, vous dis-je, à vos moutons.

M. PATELIN, *rit.*

Ah! ah! ah!

M. BARTOLIN.

Ouais! vous êtes hors de sens, monsieur Guillaume ; rêvez-vous?

M. PATELIN.

Vous voyez, monsieur, qu'il ne sait ce qu'il dit.

M. GUILLAUME.

Je le sais fort bien, monsieur ; il m'a volé six vingts moutons, et ce matin, au lieu de me payer trente écus pour six aunes de drap couleur de marron, il m'a payé de papillons noirs, la Nymphe Calypso, ta ral la, ma commère, quand je danse... Que diable sais-je ce qu'il est allé chercher.

M. BARTOLIN.

En effet, tenez, monsieur Guillaume, toutes les Cours du royaume ensemble ne comprendront rien à votre affaire : vous accusez ce berger de vous avoir volé six vingt moutons et vous entrelardez là-dedans six aunes de drap, trente écus, des papillons noirs, et mille autres balivernes. Eh ! encore une fois, revenez à vos moutons, ou je vais relaxer ce berger... Mais j'aurai plutôt fait de l'interroger moi-même. Approche-toi, comment t'appelles-tu ?

AGNELET.

Bée...

M. GUILLAUME.

Il ment, il s'appelle Agnelet.

M. BARTOLIN.

Agnelet ou Bée, n'importe... Dis-moi, est-il vrai que monsieur t'avait baillé en garde six vingt moutons ?

AGNELET.

Bée...

M. BARTOLIN.

Ouais ! la crainte de la justice te trouble peut-être. Écoute, ne t'effraie point ; monsieur Guillaume t'a-t-il trouvé de nuit tuant un mouton ?

AGNELET.

Bée...

M. BARTOLIN.

Oh ! oh ! que veut dire ceci ?

M. PATELIN.

Les coups qu'il lui a donnés sur la tête, lui ont troublé la cervelle.

M. BARTOLIN.

Vous avez grand tort, monsieur Guillaume.

M. GUILLAUME.

Moi, tort! L'un me vole mon drap, l'autre mes moutons. L'un me paie de chansons, l'autre de béc; et encore morbleu! j'aurai tort.

M. BARTOLIN.

Oui, tort; il ne faut jamais frapper, surtout à la tête.

M. GUILLAUME.

Oh! ventrebleu! il était nuit, et quand je frappe, je frappe partout.

M. PATELIN.

Il avoue le fait, monsieur. *Habemus confitentem reum.*

M. GUILLAUME.

Oh! va, va, *confitareum*... Tu me paieras mes six aunes de drap, ou le diable t'emportera.

M. BARTOLIN.

Encore du drap? On se mocque ici de la justice; hors de Cour et de procès, sans dépens...

M. GUILLAUME.

J'en appelle.. et pour vous, monsieur le fourbe, nous nous reverrons.

M. PATELIN, *à Agnelet.*

Remercie monsieur le juge.

AGNELET.

Béc... béc...

M. BARTOLIN.

En voilà assez; va vite te faire trépaner, pauvre malheureux.

SCÈNE III.

M. PATELIN, AGNELET.

M. PATELIN.

Oh çà! par mon adresse, je t'ai tiré d'une affaire où il y avait de quoi te faire pendre: c'est à toi maintenant à me bien payer, comme tu m'as promis.

AGNELET.

Béc...

M. PATELIN.

Oui, tu as fort bien joué ton rôle; mais à présent il me faut de l'argent: entends-tu.

AGNELET.

Bée...

M. PATELIN.

Eh! laisse-là ton bée... Il n'est plus question de cela : il n'y a ici que toi et moi ; veux-tu me tenir ce que tu m'as promis, et me bien payer ?

AGNELET.

Bée...

M. PATELIN.

Comment! coquin, je serais la dupe d'un mouton vêtu ! Tête-bleu ! tu me paieras, ou...

SCENE IV.

COLETTE, M. PATELIN.

COLETTE.

Eh! laissez-le aller, monsieur, il s'agit de bien autre chose.

M. PATELIN.

Comment donc ?

COLETTE:

Les coups qu'il fait semblant d'avoir à la tête, nous ont fait aviser d'un moyen sûr, pour faire consentir monsieur Guillaume au mariage de son fils avec votre fille ; ne serez-vous pas bien payé ?

M. PATELIN.

Serait-il bien possible ! Mais de qui as-tu pris le deuil ?

COLETTE.

Agnelet a dit au juge qu'il s'allait faire trépaner ; il est mort dans l'opération, et c'est monsieur Guillaume qui l'a tué.

M. PATELIN.

Ah ! je vois de quoi il est question. Ah ! fort bien, j'entends.

COLETTE.

Secondez-nous bien seulement... Je vais demander justice à monsieur le juge.

M. PATELIN, *seul.*

En effet, ce qu'il vient de voir, lui fera croire aisément qu'Agnelet est mort, et par bonheur, monsieur Guillaume s'est accusé lui-même. Il faut avouer que ce berger est un rusé coquin, il m'a toujours trompé moi-même, moi qui trompe quelquefois les autres ; mais je lui pardonne, si, par son adresse, je puis marier richement ma fille.

SCENE V.

M. BARTOLIN, COLETTE, M. PATELIN,

M. BARTOLIN.

Que me dites-vous là ? le pauvre garçon ! voilà une mort bien prompte.

M. PATELIN.

Tout le village en est déjà informé : comme les malheurs arrivent dans un moment !

COLETTE.

Hi ! hi ! hi !

M. PATELIN.

La pauvre fille !... Méchante affaire pour monsieur Guillaume !

M. BARTOLIN

Je vous rendrai justice : ne pleurez pas tant.

COLETTE.

Il était mon fiancé...é...é...é.

M. BARTOLIN.

Consolez-vous donc, il n'était pas encore votre mari.

COLETTE.

Je ne le pleurerais pas tant, s'il avait été mon mari...i...i...**L**

M. BARTOLIN.

Il sera puni, et déjà sur votre plainte, j'ai donné un décret de prise-de-corps, on doit me l'amener ici. Je vais cependant pour la forme visiter le corps mort. Il est là, dites-vous, chez votre oncle le chirurgien ?.. Je reviens dans un moment.

M. PATELIN.

Il va tout découvrir, s'il ne trouve pas le mort.

COLETTE.

Laissez-le aller ; mon oncle est d'intelligence avec nous ; et Agnelet a ajusté dans le lit une certaine tête qui le fera fuir bien vite.

M. PATELIN.

Mais quelqu'un dans le village rencontrera peut-être Agnelet.

COLETTE.

Il s'est allé cacher dans le grenier à foin d'un de nos voisins, d'où il ne sortira, que quand le mariage sera tout-à-fait conclu.

Patelin.   E

SCENE VI.

M. BARTOLIN, COLETTE, M. PATELIN.

M. BARTOLIN.

Non, de ma vie je n'ai vu une tête d'homme comme celle-
là ! les coups ou le trépan l'ont entièrement défigurée ; elle
n'a pas seulement la figure humaine, et je n'ai pu la voir un
moment sans en détourner la vue.

COLETTE.

Ah ! ah ! ah !

M. PATELIN.

Que je plains le pauvre monsieur Guillaume ! c'était un
homme... il y avait plaisir d'avoir affaire avec lui.

M. BARTOLIN.

Je le plains aussi ; mais que faire ? Voilà un homme mort,
et sa fiancée qui me demande justice.

M. PATELIN.

Colette, que te servira de le faire pendre ? Ne vaudrait-il
pas mieux pour toi...

COLETTE.

Hélas ! monsieur, je ne suis ni intéressée ni vindicative,
et s'il y avait quelque expédient honnête..... Vous savez
combien j'aime ma maîtresse votre fille, qui est filleule de
monsieur...

M. BARTOLIN.

Ma filleule !.. hé bien ! quel intérêt a-t-elle à tout ceci ?

COLETTE.

Valère, monsieur, le fils unique de monsieur Guillaume,
en est amoureux : son père refuse d'y consentir ; vous êtes si
habile l'un et l'autre, voyez s'il n'y aurait pas là quelque expédient, afin que tout le monde fût content.

M. BARTOLIN.

Oui, il faut que cette fille se déporte de sa poursuite, à
condition que monsieur Guillaume consentira à ce mariage.

COLETTE.

Que cela est bien imaginé !

M. PATELIN.

C'est prendre les voies de la douceur.

N. BARTOLIN.

Avant que de le mettre en prison . on doit me l'amener.
Il faut que je lui parle moi-même ; mais y consentez-vous ,
monsieur Patelin ?

N. PATELIN.

Hé !.. je n'avais pas encore fait dessein de marier ma fille...
cependant .... pour sauver la vie à monsieur Guillaume ....
allons, allons, j'y donnerai les mains, et je serais fâché de
faire pendre un homme.

M. BARTOLIN, *à Colette.*

J'entends qu'on me l'amène.... Vous , allez vite faire
enterrer secrètement le mort , afin qu'on ne m'accuse point
de prévarication.

M. PATELIN.

Et moi, pour la forme, je vais faire dresser un mot de
contrat que vous lui ferez signer s'il vous plait.

SCENE VII.

M. BARTOLIN, M. GUILLAUME.

M. BARTOLIN.

Ah ! vous voici. Hé bien ! vous savez, monsieur Guillaume,
pourquoi on vous a arrêté ?

M. GUILLAUME.

Oui, ce coquin d'Agnelet dit qu'il est mort.

N. BARTOLIN.

Il l'est véritablement, je viens de le voir moi-même, et
vous avez avoué le fait.

M. GUILLAUME.

Peste soit de moi !

M. BARTOLIN.

Oh ça ! j'ai une chose à vous proposer : il ne tient qu'à vous
de sortir d'affaires, et de vous en retourner chez vous en
liberté.

M. GUILLAUME.

Il ne tient qu'à moi ?.. S rviteur donc.

M. BARTOLIN.

Oh ! attendez, il faut savoir auparavant si vous aimez
mieux marier votre fils que d'être pendu.

M. GUILLAUME.

Belle proposition !.. Je n'aime ni l'un ni l'autre.

M. BARTOLIN.

Je m'explique. Vous avez tué Agnelet, n'est-il pas vrai ?

M. GUILLAUME.

Je l'ai battu ; s'il est mort, c'est sa faute.

M. BARTOLIN.

C'est la vôtre. Ecoutez, monsieur Patelin a une fille belle et sage.

M. GUILLAUME.

Oui, et gueuse comme lui.

M. BARTOLIN.

Votre fils en est amoureux.

M. GUILLAUME.

Eh ! que m'importe ?

M. BARTOLIN.

La fiancée du mort se déporte de sa poursuite, si vous consentez à leur mariage ?

M. GUILLAUME.

Je n'y consens pas.

M. BARTOLIN.

Qu'on le mène en prison.

M. GUILLAUME.

En prison !.. maugrebleu !.. Laissez-moi au moins aller dire chez moi qu'on ne m'attende pas.

M. BARTOLIN.

Ne le laissez pas échapper.

SCENE VIII.

M. PATELIN, M. GUILLAUME, M. BARTOLIN, COLETTE, VALÈRE, HENRIETTE.

M. PATELIN.

Voilà le contrat... Monsieur, sur le malheur qui vous est arrivé, toute ma famille vient vous offrir ses services.

M. GUILLAUME.

Que de Patelineurs !

M. BARTOLIN.

Allons, voici toutes les parties. Expliquez-vous vite... voulez-vous sortir d'affaire ?

M. GUILLAUME.

Oui.

M. BARTOLIN.

Signez ce contrat.

M. GUILLAUME.

Je n'en veux rien faire.

M. BARTOLIN.

En prison, et les fers aux pieds.

M. GUILLAUME.

Les fers aux pieds ! tudieu ! comme vous y allez.

M. BARTOLIN.

Ce n'est encore rien, je vais tout-à-l'heure vous faire donner la question.

M. GUILLAUME.

Donner la question !

M. BARTOLIN.

Oui, la question ordinaire et extraordinaire, et après cela, je ne puis éviter de vous faire pendre.

M. GUILLAUME.

Pendre !.. miséricorde !

M. BARTOLIN.

Signez donc. Si vous différez un moment, vous êtes pendu, je ne pourrai plus vous sauver.

M. GUILLAUME.

Juste ciel ! (*il signe.*) Que ne faut-il pas faire ?

M. BARTOLIN.

Je l'ai ouï dire à un fameux médecin : les coups à la tête sont dangereux comme le diable... Voilà qui est bien, je vais jetter au feu la procédure, et je vous en félicite.

M. GUILLAUME.

Oui, j'ai fait aujourd'hui de belles affaires.

M. PATELIN.

L'honneur de votre alliance...

M. GUILLAUME.

Ne vous coûte guères.

VALÈRE.

Mon père, je vous proteste...

M. GUILLAUME.

Va-t-en au diable.

HENRIETTE.

Monsieur, je suis fâchée...

M. GUILLAUME.

Et moi aussi.

COLETTE.

Que me donnerez-vous à la place de mon fiancé ?

M. GUILLAUME.

Les moutons qu'il m'a volés.

SCÈNE IX.

M. PATELIN, M. GUILLAUME, M. BARTOLIN, COLETTE, VALÈRE, HENRIETTE, UN PAYSAN, AGNELET.

LE PAYSAN, *à Agnelet*.

Marche, marche, de par le Roi.

AGNELET.

Miséricorde !

M. GUILLAUME.

Ah ! traître, tu n'es pas mort... il faut que je t'étrangle ; il ne m'en coutera pas davantage.

M. BARTOLIN.

Attendez... d'où sort ce fantôme ?

LE PAYSAN.

J'avons trouvé ce voleur dans notre grenier ; par quoi je le mène en prison.

M. BARTOLIN.

Ouais ! tu n'as plus de coups à la tête.

AGNELET.

Ma fi ! non.

M. BARTOLIN.

Qu'est-ce donc qu'on m'a fait voir dans un lit, chez le chirurgien ?

AGNELET.

C'était une tête de viau, monsieur.

M. GUILLAUME.

Allons, puisqu'il n'est pas mort, rendez-moi ce contrat, que je le déchire.

M. BARTOLIN.

Cela est juste.

M. PATELIN.

Oui, en me payant un dédit qui contient dix mille écus.

M. GUILLAUME.

Dix mille écus ! il faut bien par force que je laisse la chose comme elle est ; mais vous me paierez les trois cents écus de votre père.

M. PATELIN.

Oui , en me portant son billet.

M. GUILLAUME.

Son billet !.. et mes six aunes de drap !

M. PATELIN.

C'est le présent de noce.

M. GUILLAUME.

De noce !.. au moins je tâterai de l'oie?

M. PATELIN.

Nous l'avons mangé à dîner.

M. GUILLAUME.

A dîner !.. oh ! ce scélérat paiera pour tous, et il sera
pendu.

VALÈRE.

Mon père, il est tems de l'avouer, il n'a rien fait que par
mon ordre.

M. GUILLAUME.

Me voilà bien payé de mon drap et dé mes moutons.

FIN.